卷三

同諸公袁郎中宴筵喜加章服

手詔來筵上腰金向粉闈勳名傳舊閤蹈舞著新衣白社同遊在滄洲此會稀寒笳發後殿秋草送西歸世難常摧敵時閑已息機魯連功可讓千載一相揮一作輝

毘陵送鄒結一作紹先赴河南充判官

王事相逢少雲山奈別何芳年臨水怨瓜步上潮過客路方經楚鄉心共渡河凋殘春草在離亂故城多罷戰逢時泰輕徭佇俗和東西此分手惆悵恨煙波

送徐大夫赴廣州

上將壇場拜南荒羽檄招遠人來百越元老事三朝霧繞龍山暗山連象郡一作嶺遙路分江淼淼軍動馬蕭蕭畫角知秋氣樓船逐暮潮當令輸貢賦一作職不使外夷驕

九日題蔡國公主樓

主第人何在重陽客暫尋水餘龍鏡色雲罷鳳簫音暗牖藏昏曉一作旦蒼苔換古今晴山卷幔出秋草閉門深籬菊仍新吐庭槐尚舊陰年年畫梁燕來去豈無心

送荀八過山陰一作訪舊縣一作任兼寄剡中諸官

訪舊山陰縣扁舟到海涯故林嗟滿歲春草憶佳期晚景千峰亂晴江一鳥遲桂香留客處楓暗泊舟時舊石曹娥篆空山夏禹一作禹帝祠剡溪多隱吏君去一作爲道相一作長思

奉餞元侍郎加豫章採訪兼賜章服（時初停節度）

任重兼烏府時平偃豹韜澄清湘水變分别楚山高花對彤襜發霜和白雪操黄金裝舊馬青草換新袍嶺暗猿啼月江寒鷺映濤豫章生宇下無使翳蓬蒿

奉餞郎中四兄罷餘杭太守承恩加侍御史充行軍司馬赴汝南行營

星使三江上天波萬里通權分金節重恩借鐵冠雄梅吹前軍發棠陰舊府空殘春錦障外初日羽旗東岍柳遮浮鷁江花隔避驄離心在何處芳草滿吳宫

送賈侍御克復後入京（一作江南送賈侍御入京）

對酒心不樂見君動行舟回看暮帆隱獨向空江愁晴

雲淡初夜春塘深慢流澀顔風霜霽喜氣煙塵收馳駟數千里朝天十二樓因之（一作云）報親愛白髮生滄洲

會稽王處士草堂壁畫衡霍諸山

粉壁（一作愛此）衡霍近羣峰（一作卷簾）如可攀能令堂上客見盡湖（一作湘）南山青翠數千仞（一作千萬狀）飛來方丈間歸雲無處滅去鳥何時還勝事日相對主人常獨閑稍看林壑晚（一作青陰滿四壁）佳氣生重關（一本此下有頗與宿心會看看慰愁顔二句）

惠福寺與陳留諸官茶會（得西字）

到此機事遣自嫌塵網迷因知萬法幻盡與浮雲齊踈竹映高枕空花隨杖藜香飄諸天外日隱雙林西傲（一作微）吏方見狎真僧幸相攜能令歸客意不復還東溪

金陵西泊舟臨江樓

蕭條金陵郭舊是帝王州日暮望鄉處雲邊江樹秋楚雲不可託楚水只堪愁行客千萬里滄波朝暮流迢迢洛陽夢獨卧清川樓異鄉共如此孤帆難久遊

題靈祐上人法華院木蘭花其樹嶺南移植此地

庭種南中樹年華幾度新已依初地長獨發舊園春映日成華蓋搖風散錦茵色空榮落處香醉往來人菡萏千燈遍芳菲一雨均高柯儻爲楫渡海有良因

宿嚴維宅送包佶一作皇甫冉詩

江湖同避地分首自依依盡室今爲客驚秋空念歸歲儲無別墅寒服羨鄰機草色村橋晚蟬聲江樹稀夜深宜共醉時難忍相違何事隨陽雁汀洲忽背飛

送從弟貶袁州一作皇甫冉詩題作送從弟豫貶遠州

何事成遷客思歸不見鄉遊吴經萬里弔屈向三湘水與荆巫接山通鄢郢長名羞一作嗟黄綬繫身是白眉郎獨結南枝恨應思北雁行憂來沽楚酒老鬢莫凝霜

無錫東郭送友人遊越

客路風霜曉郊原春興餘平蕪不可望遊子去何如煙水乘湖闊雲山適越初舊都懷作賦古穴覓藏書碑缺曹娥宅林荒逸少居江湖無限意非獨爲樵漁

送邵州判官往南一作皇甫冉詩

看君發原隰駟牡志一作去皇皇始罷滄江令還隨粉署郎

海沂軍未息河兗歲仍荒征稅人全少榛蕪虜近亡新
知行宋遠相望隔淮長早晚裁書寄銀鉤佇八行

出豐縣界寄韓明府

迴首古原上未能辭舊鄉西風收暮雨隱隱分芒碭賢
友此爲邑令名滿徐方音容想在眼暫若升琴堂疲馬
顧春草行人看夕陽自非傳尺素誰爲論中腸

別陳留諸官一作公

戀此東道主能令西上遲徘徊暮郊別惆悵秋風時上
國邈千里夷門難再期行人望落日歸馬嘶空陂不愧
寶刀贈維懷瓊樹枝音塵倘未接夢寐徒相思

觀李湊一作溱所畫美人障子

愛爾含天姿丹青有殊智無間已得象象外更生意西
子不可見千載無重還空令浣沙態猶在含毫間一笑
豈易得雙蛾如有情窗風不舉袖但覺羅衣輕華堂翠
幕春風來內閣金屏曙色開此中一見亂人目一作眼只疑
行到雲一作行雨到陽臺洪邁取末四句作絶句

送史判官奏事之靈武兼寄巴西親故

中州日紛梗天地何時泰獨有西歸心遥懸夕陽外故
人奉章奏此去論利害陽雁南渡江征驂去相背因君
欲寄遠何處問親愛空使滄洲人相思減衣帶

自鄱陽還道中寄褚徵君

南風日夜起萬里孤帆漾元氣連洞庭夕陽落波上故

人煙水隅復此遙相望江信久寂寥楚雲獨惆悵愛君
清川口弄月時櫂唱白首無子孫一生自疎曠

石梁湖有寄（一作懷陸兼）

故人千里道滄波一（一作十）年別夜上明月樓相思楚天闊
瀟瀟清秋暮嫋嫋涼風發湖色淡不流沙鷗遠還滅煙
波日已遠音問日已絶歲晏空含情江皋綠芳歇

送沈少府之任淮南

惜君滯南楚枳棘徒棲鳳獨與千里帆春風遠相送此
行山水好時物亦應衆一鳥飛長淮百花滿雲夢相期
丹霄路遙聽清風頌勿爲州縣卑時來自爲用

嚴子瀨東送馬處直歸蘇（一本有州字）

望君舟已遠落日潮未退目送滄海帆人行白雲外江
中遠回首波上生微靄秋色姑蘇臺寒流子陵瀨相送
苦易散動別知難會從此日相思空令減衣帶

宿懷仁縣南湖寄東海荀處士

向夕斂微雨晴開湖上天離人正惆悵新月愁嬋娟佇
立白沙曲相思滄海邊浮雲自來去此意誰能傳一水
不相見千峰隨客船寒塘起孤雁夜色分鹽田時復一
延首憶君如眼前

初至洞庭懷灞陵別業

長安邈千里日夕懷雙闕已是洞庭人猶看灞陵月誰
堪去鄉意親戚想天末昨夜夢中歸煙波覺來闊江皋

見芳草孤客心欲絶豈訝青春來但傷經時别長天不可望鳥與浮雲没

題蕭郎中開元寺新構幽寂亭

康樂愛山水賞心千載同結茅依翠微伐木開蒙蘢孤峰倚青霄一徑去不窮候客石苔上禮僧雲樹中曠然見滄洲自遠來清風五馬留谷口雙旌薄煙虹沈沈衆香積眇眇諸天空獨往應未遂蒼生思謝公

同姜濬題裴式微餘干東齋

世事終成夢生涯欲半過白雲心已矣滄海意如何藜杖全吾道榴花養太和春風騎馬醉江月釣魚歌散帙看蟲蠹開門見雀羅遠山終日在芳草傍人多吏體莊生傲方言楚俗譌屈平君莫弔腸斷洞庭波

贈元容州

擁旄臨合浦上印臥長沙海徼長無戍湘山獨種畬政傳通歲貢才惜過年華萬里依孤劒千峰寄一家累徵期旦暮未起戀煙霞避世歌芝草休官醉菊花舊遊如夢裏此别是天涯何事滄波上漂漂逐海槎

夏口送長寧楊明府歸荆南因寄幕府諸公

關西楊太尉千載德猶聞白日俱終老清風獨至君身承遠祖遺（一作後）才出衆人羣舉世貪荆玉全家戀楚雲向煙帆杳杳臨水葉紛紛草覆昭丘緑江從夏口分高名光盛府異姓寵殊勳百越今無事南征欲罷軍

奉和杜相公新移長興宅呈元相公

間世生賢宰同心奉至尊功高開北第機靜灌中園入並蟬冠影歸分騎士喧窗間漢宮漏家識杜陵源獻替常焚藁優（一作清）閑獨對萱花香逐荀令草色對王孫有地先開閣何人不掃門江湖難自退明主託元元

湖南使還留辭辛大夫

王師勞近甸兵食仰諸侯天子無南顧元勳在上游大才生間氣盛業拯横流風景隨搖筆山川入運籌羽觴交餞席旌節對歸舟鶯識春深恨猿知日去愁別離花寂寂南北水悠悠唯有家兼（一作將）國終身共（一作實）所憂

泛曲阿後湖簡同遊諸公

元氣浮積水沈沈深不流春風萬頃綠映帶至徐州爲客難適意逢君方暫遊夤緣白蘋際日暮滄浪舟渡口微月進林西殘雨收水雲去仍濕沙鶴鳴相留且習子陵隱能忘生事憂此中深有意非爲釣魚鉤

北遊酬孟雲卿見寄

忽忽忘前事事願能相乖衣馬日羸弊誰辨行與才善道居貧賤潔服蒙塵埃行行無定止懍坎難歸來慈母憂疾疹室家念棲萊幸君夙姻親深見中外懷俟子惜時節悵望臨高臺

冬夜宿揚州開元寺烈公房送李侍御之江東

遷客投百越窮陰淮海凝中原馳困獸萬里棲飢鷹寂

寂連(一作蓮)宇下愛君心自弘空堂來霜氣永夜清明燈發後望煙水相思勞寢興暮帆背楚郭江色浮金陵此去爾何恨近名予未能爐峰若便道爲訪東林僧

南楚懷古

南國久蕪没(一作漫)我來(一作生)空鬱陶君看章華宮處處生蓬(一作黃)蒿但見陵與谷豈知賢與豪精魂托古木寶劍捐江皋倚棹下晴景回舟隨晚濤碧雲暮寥落湖上秋(一作青)天高往事那堪問此心徒自勞獨餘湘水上千載聞離騷

上湖田館南樓憶朱晏

漂泊日復日洞庭今更秋白雲如有意萬里望孤舟何事愛成別空令登此樓天光映波動月影隨江流鶴唳

靜寒渚猿啼深夜洲歸期誠已促清景仍相留頃者慕獨往爾來悲遠遊風波自此去桂水空離憂

送姚八之句容舊任便歸江南(一作送姚八歸江南)

故人還水國春色動離憂碧草千萬里滄江朝暮流桃花迷舊路萍葉蕩歸舟遠戍看京口空城問石頭折芳佳麗地望月西南樓猨鳥共孤嶼煙波連數州誰家過楚老何處戀江鷗尺素能相報湖山若箇憂

睢陽贈李司倉

白露變時候蛬聲暮啾啾飄飄洛陽客惆悵梁園秋只爲乏生計爾來成遠遊一身不家食萬事從人求且喜接餘論足堪資小留寒城落日後砧杵令人愁歸路歲

時盡長河朝夕流非君深意願誰復能相憂

杪秋洞庭中懷亡道士謝太虛

漂泊日復日洞庭今更秋青楓亦何意此夜催人愁惆悵客中月徘徊江上樓心知楚天遠目送滄波（一作浪）流羽客久已歿微言無處求空餘白雲在容與隨孤舟千里杳難望一身當獨遊故園復何許江海徒（一作此）遲留

同郭絫謀詠崔僕射淮南節度使廳前竹（一作和郭絫謀詠崔令公庭前竹）

昔種梁王苑今移漢將壇（一作不學媚清瀾能依上將壇）蒙籠（一作朦朧）低冕過青翠（一作蒨）捲簾看得地移根遠經霜抱節難開花成鳳實嫩笋長魚竿藹藹軍容靜蕭蕭郡宇寬細音和角暮（一作響）疎影上門寒湘浦何年變（一作阮巷何人在）山陽（一作梁園）幾處殘不知（一作空餘）軒屛側歲晚對衰（一作伴任）安

硤石遇雨宴前主簿從兄子英宅

縣城蒼翠裏客路兩崖開硤石雲漠漠東風吹雨來吾兄此爲吏薄宦知無媒方寸抱秦鏡聲名傳楚材折腰五斗間僶俛隨塵埃秩滿少餘俸家貧仍散財誰言次東道暫預傾金罍雖欲少留此其如歸限催

江中晚釣寄荊南一二相識（一作西江雨後憶荊南諸公）

楚郭（一作國又作隨楚）微雨收荊門遙（一作看）在目漾舟水雲裏日暮春江（一作江山）綠霽華靜洲渚暝（一作夜）色連松（一作杉）竹月出波上時人歸渡頭宿一身已無累萬事更何欲漁父自夷猶（一作夤緣）白

鷗不羈束旣憐滄浪水復（一作更）愛滄浪曲不見眼中人相思心斷續（一作垂釣看世人那知此生足）

九日岳陽待黄遂張渙

別君頗已久離念與時積楚水空（一作共）浮（一作秋）煙江樓望歸客徘徊正佇想髣髴如暫覿心目徒自親風波尚相隔青林泊舟處猿鳥愁孤驛遥見郭外山蒼然雨中夕季鷹久踈曠叔度早疇昔反櫂來何遲黄花候君摘

題王少府堯山隱處簡陸鄱陽

故人滄洲吏深與世情薄解印二十年委身在丘壑買田楚山下妻子自耕鑿羣動心有營孤雲本無著因收谿上釣遂接林中酌對酒春日長山村杏花落陸生鄱

陽令獨步建溪作早晚休此官隨君永棲託

晚次湖口有懷

靄然空水合目極平江暮南望天無涯孤帆落何處頃爲衡湘客頗見湖山（一作湘）趣朝氣和楚雲夕陽映江樹帝鄉勞想望萬里心來去白髪生扁舟滄波滿歸（一作歸滿）路秋風今已至日夜雁南度木葉辭洞庭紛紛落無（一作不知）數

陪元侍御（一作郎）遊支硎山寺

支公去已久寂寞龍華會古木閉空山蒼然暮相對林巒非一狀水石有餘態密竹藏晦明羣峰爭向背峰峰帶落日步步入青靄香氣空翠中猿聲暮雲外留連南臺客想像西方内因逐溪水還觀心兩無礙

桂陽西州晚泊古橋村住一作主人

洛陽别離久江上心可得惆悵增暮情瀟湘復秋色故山隅何處落日羡歸翼滄海空自流白鷗不相識悲蛩滿荆渚輟棹徒沾臆行客念寒衣主人愁夜織帝鄉片雲去遥寄千里憶南路隨天長征帆杳無極

夕次檜石湖夢洛陽親故

天涯望不盡日暮愁獨去萬里雲海空孤帆向何處寄身煙波裏頗得湖山趣江氣和楚雲秋聲亂楓樹如何異鄉縣日復懷親故遥與洛陽人相逢夢中路不堪明月裏更值清秋暮倚棹對滄波歸心共誰語

按覆後歸睦州贈苗侍御

地遠心難達天高謗易成羊腸留覆轍虎口脱餘生直氏偷金枉于家決獄明一言知己重片議殺身輕日下人誰憶天涯客獨行年光銷蹇步秋氣入衰情建德知何在長江問去程孤舟百口渡萬里一猿聲落日開鄉路空山向郡城豈令冤氣積千古在長平

奉寄婺州李使君舍人

建隼罷鳴珂初傳來暮歌漁樵識太古草樹得陽和東道諸生從南依遠客過天清婺女出土厚絳人多永日空相望流年復幾何崖開當夕照葉去逐寒波眼暗經難受身閑劔懶磨似鵶一作鵩占賈誼上馬試廉頗窮分安藜藿衰容勝薜蘿只應隨越鳥南翥託高柯

哭魏兼遂（公及孀妻幼子與僮數人相次亡歿葬於丹陽）

古今俱此去，脩短竟誰分。樽酒空如在，絃琴肯重聞。一門同逝水，萬事共浮雲。舊館何人宅，空山遠客墳。艱危貧且共，少小秀而文。獨行依窮巷，全身出亂軍。歲時長寂寞，煙月自氛（一作氳）氳。壠樹隨人古，山門對日曛。汎舟悲向子，留劍贈徐君。來去雲陽路，傷心江水濆。

負謫後登干越亭作

天南（一作南天）愁望絕，亭上柳條新。落日獨歸鳥，孤舟何處人。生涯投越（一作嶺）徼，世業陷胡（一作邊）塵。杳杳鍾陵暮，悠悠鄱水春（一作江入千峯暮，花連百越春）。秦臺悲（一作憐）白首，楚澤（一作水）怨青蘋。草色迷征路，鶯聲傷（一作傍）逐臣（一本無此四句）。獨醒空（一作翻）取笑，直道不容身。得罪風霜苦，全生天地仁。青山數行淚，滄海一窮鱗。牢落機心盡，惟憐鷗鳥親（一作流落誰相識，空將鷗鷺親）。

留題李明府雲溪水堂

寥寥（一作寂寂）此堂上，幽意復誰論。落日無王事，青山在縣門。雲峰向高枕，漁釣入前軒。晚竹疎簾影，春苔（一作苔生）雙履痕。荷香隨坐臥，湖色映晨昏。虛牖閑生白，鳴琴靜對言。暮禽飛上下，春水（一作草）帶清渾。遠岸誰家柳，孤煙何處村。謫居投瘴癘，離思過湘沅。從此扁舟去，誰堪江浦猿。

入白沙渚夤緣二十五里至石窟山下懷天台陸山人

遠嶼（一作渚）靄將夕，玩幽行自遲。歸人不計日，流水閑相隨。

輟櫂古一作石崖口捫蘿春景遲偶因回舟次寧與前山期
對此瑶草色懷君瓊樹枝浮雲去寂寞白鳥相因依何
事愛高隱但令勞遠思窮年臥海嶠永望愁天涯吾亦
從此一作君去扁舟何所之迢迢江上帆千里東風吹

禪智寺上方懷演和尚寺即和尚所創

絕巘東林寺高僧惠遠公買園隋苑下持一作捧鉢楚城中
斗極千燈近煙波萬井通遠山低月殿寒木露花宮紺
宇焚一作燒香淨滄洲擺一作罷霧空鴈來秋色裏曙起早潮東
飛錫今何在蒼生待發蒙白雲翻送客庭樹一作黃葉自辭風
捨筏追開士迴舟狎釣翁平生江海意惟共白鷗同

賈侍郎一作御自會稽使迴篇什盈卷兼蒙見寄一
首與余有挂冠之期因書數事率成十韻

江上逢星使南來自會稽驚年一葉落按俗五花嘶上
國悲蕪梗中原動鼓鼙報恩看鐵劍銜命出金閨風物
催歸緒雲峰發詠題天長百越外潮上小江西鳥道通
閩嶺山光落剡溪暮帆千里思秋夜一猨啼柏樹榮新
壠桃源憶故蹊若能爲休去一作若爲能去此行復草萋萋

秋日夏口涉漢陽獻李相公

日望衡門處心知漢水濆偶乘青雀舫還在白鷗羣間
氣生靈秀先朝翼戴勳藏弓身已退焚槀事難聞舊業
成青草全家寄白雲松蘿長稚子風景逐新文山帶寒
城出江依古岸分楚歌悲遠客羌笛怨孤軍鼎罷調梅

久門看種藥勤十年猶去國黄葉又紛紛

歸沛縣道中晚泊留侯城

訪古此城下子房安在哉白雲去不反危堞空崔嵬伊昔楚漢時頗聞經濟才運籌風塵下能使天地開蔓草日已積長松日已摧功名滿青史祠廟唯蒼苔百里暮程遠孤舟川上迴進帆東風便轉岸前山來楚水澹相引沙鷗閑不猜扣舷從此去延首仍裵回

關門望華山

客路瞻太華三峰高際天夏雲亘百里合沓遥相連雷雨飛半腹太陽在其巔翠微關上近瀑布林梢懸愛此衆容秀能令西望偏徘徊忘暝色泱漭成陰煙曾是朝

百靈亦聞會羣仙瓊漿豈易挹毛女非空傳鬂鬅仍佇想幽期如眼前金天有青（一作清）廟松柏隱蒼然

奉陪蕭使君入鮑達洞尋靈山寺

山居秋更鮮秋江相映碧獨臨滄洲路如待挂帆客遂使康樂侯披榛著雙屐入雲開嶺道永日尋泉脉古寺隱青冥空中寒磬夕蒼苔絶行徑飛鳥無去跡樹杪下歸人水聲過幽石任情趣逾遠移步奇屢易蘿木静蒙蒙風煙深寂寂徘徊未能去畏共桃源隔

孫權故城下懷古兼送友人歸建業

雄圖爭割據神器終不守上下武昌城長江竟何有古來壯臺榭事往悲陵阜寥落幾家人猶依數株柳威靈

絶想像蕪没空林藪野徑春草中郊扉夕陽後逢君從此去背楚方東走煙際指金陵潮時過湓口行人已何在臨水徒揮手惆悵不能歸孤帆没雲久

宿雙峰寺寄盧七李十六

寥寥禪誦處滿室蟲絲結獨與山中人無心生復滅徘徊雙峰下惆悵雙峰月杳杳暮猿深蒼蒼古松列玩奇不可盡漸遠更幽絶林暗僧獨歸石寒泉且咽竹房響輕吹蘿徑陰餘雪臥澗曉何遲背巖春未發此遊誠多趣獨往共誰閱得意空自歸非君豈能説

京口懷洛陽舊居兼寄廣陵二三知己

川濶悲無梁藹然滄波夕天涯一飛鳥日暮南徐客氣混京口雲潮吞海門石孤帆候風進夜色帶江白一水阻佳期相望空脉脉那堪歲芳盡更使春夢積故國(一作園)胡塵飛遠(一作故)山(一作異鄉)楚雲隔家人想何在庭草為誰碧惆悵空傷情(一作往復)滄浪有餘(一作遺)跡嚴陵七里灘攜手同所適

登揚州栖靈(一作西巖)寺塔

北塔凌空虛雄觀壓川澤亭亭楚雲外千里看不隔遲對黃金臺浮輝亂相射盤梯接元氣半壁棲夜魄稍登諸劫盡若騁排霄(一作霜)翮向是滄洲人已為青雲客雨飛千栱霽日在萬家夕鳥處高却低天涯遠如迫江流入空翠海嶠現微碧向暮期下來誰堪復行役

湖上遇鄭田

故人青雲器何意常窘迫三一作五十猶布衣憐君頭已白誰言此相見暫得話疇昔舊業今已蕪還鄉返爲客扁舟伊獨往斗酒君自適滄洲一作海不可涯孤帆去無跡杯中忽復醉湖上生月一作新魄湛湛江色寒濛濛水雲夕風波易迢遰千里如咫尺回首人已遥南看楚天隔

雨中登沛縣樓贈表兄郭少府

楚澤秋更遠雲雷有時作晚陂帶殘雨白水昏漠漠佇立收煙氛洗然靜寥廓卷簾高樓上萬里看日落爲客頻改弦辭家尚如昨故山今不見此鳥那可託小邑務常閑吾兄宦何薄高標青雲器獨立滄江鶴惠愛原上情慇懃丘中諾何當遂良願歸臥青山郭

灞東晚晴簡同行薛棄朱訓

客心豁初霽霽色暝玄灞西向看夕陽曈曈映桑柘二賢誠逸足千里陪征駕古樹枳道傍人煙杜陵下伊余在羈束且復隨造化好道當有心營生苦無暇高賢幸茲偶英達窮王霸迢遰客王程裵回主人夜一薰知異質片玉誰齊價同結丘中緣塵埃自茲謝

對雨贈濟陰馬少府考城蔣少府兼獻成武五兄南華二兄

繁雲兼家思彌望連濟北日暮微雨中州城帶秋色蕭條主人靜落葉飛不息鄉夢寒更頻蟲聲夜相逼二賢縱橫器久滯徒勞職笑語和風騷雍容事文墨吾兄即

時彥前路良未測秋水百丈清寒松一枝直此心欲引託誰爲生羽翼且復頓歸鞍杯中雪胸臆

李侍御河北使回至東京相訪

故人南臺秀風擅中朝美擁傳從北來飛霜日千里貧居幸相訪顧我柴門裏却訝繡衣人仍交布衣士王程遽爾迫别戀從此始濁酒未暇斟清文頗垂示回瞻驄馬速但見行塵起日暮汀洲寒春風渡流水草色官道邊桃花御溝裏天涯一鳥夕惆悵知何已

吴中聞潼關失守因奉寄淮南蕭判官

一（一作早）鴈飛吴天羈人傷暮律松江風嫋嫋波上片帆疾木落姑蘇臺霜收洞庭橘蕭條長洲外唯見寒山出胡馬嘶秦雲漢兵亂相失關中因竊據天下共憂慄南楚有瓊枝相思怨瑤瑟一身寄滄洲萬里看白日赴敵甘負戈論兵勇投筆臨風但攘臂擇木將委質不如歸遠山雲臥飯松栗

哭張員外繼（公及夫人相次沒于洪州）

慟哭鍾陵下東流與别離二星來不返雙劒沒相隨獨繼先賢傳誰刊有道碑故園荒峴曲旅櫬寄天涯白簡曾連拜滄洲每共思撫孤憐齒稺歎逝顧身衰泉壤成終古雲山若在時秋風鄰笛發寒日寢門悲世難愁歸路家貧緩葬期舊賓傷未散夕臨咽常遲自此辭張部何由見戴逵獨聞山吏部流涕訪孤兒

登東海龍興寺高頂望海簡演公

胸山壓海口永望開禪宫元氣遠相合太陽生其中豁然萬里餘獨爲百川雄白波走雷電黑霧藏魚龍變化非一狀晴明分衆容煙開秦帝橋隱隱橫殘虹蓬島如在眼羽人那可逢偶聞眞僧言甚與静者同幽意頗相愜賞心殊未窮花間午時梵雲外春山鐘誰念遠成别自憐歸所從他時相憶處惆悵西南峯

奉送從兄罷官之淮南

何事浮溟渤元戎棄鏌鋣漁竿吾道在鷗鳥世情賒玄髮他鄉換滄洲此路遐沂沿隨桂檝醒醉任松華離别誰堪道艱危更可嗟兵鋒揺海内王命隔天涯鐘漏移

長樂衣冠接永嘉還當拂氛祲那復卧雲霞溪路漫岡轉夕陽歸鳥斜萬艘江縣郭一樹海人家揮袂看朱紱揚帆指白沙春風獨迴首愁思極如麻

落第贈楊侍御兼拜員外仍充安大夫判官赴范陽

職副旌旄重才兼識量通使車遥肅物邊策遠和戎擲地金聲著從軍寶劒雄官成稽古力名達濟時功肅穆烏臺上雍容粉署中含香初待漏持簡舊生風黙吏偏驚隼貪夫輒避驄且知榮已隔誰謂道仍同念舊追連茹謀生任轉蓬泣連三獻玉瘡懼再傷弓戀土函關外瞻塵(一作雲)灞水東他時書一札猶冀問途窮

初貶南巴至鄱陽題李嘉祐江亭

巴嶠南行遠（一作南出巴人嶠）長江萬里隨不才甘謫去流水亦何之（一作知）地遠明君棄（一作瘴近餘生怯）天高酷吏欺青山獨往路芳草未歸時流落還相見悲懽話所思猜嫌（一作讒）傷薏苡愁暮向江蘺柳色迎高塢荷衣照下帷（一本無此二句）水雲初起重暮鳥遠來遲白首（一作淚盡）看長劒滄洲（一作心閑）寄釣絲沙鷗驚小吏湖月上高枝（一本無此二句）稚子能吳語新文怨楚辭憐君不得意川谷自逶迤（一作容鬢老南枝）

自紫陽觀至華陽洞宿侯尊師草堂簡同遊李延年（一作陵）

石門（一作林）嫋煙景句曲盤江甸南向佳氣濃數峰遙隱見

漸臨華陽口雲路入蔥蒨七曜懸洞宮五雲抱仙殿銀函竟誰發金液徒堪薦千載空桃花秦人深不見東溪喜相遇貞白如會面青鳥來去閑紅霞朝夕變一從換仙骨萬里乘飛電蘿月延步虛松花醉閑宴幽人即長往茂宰應交戰明發歸琴堂知君嬾爲縣

卷四

奉使新安自桐廬縣經嚴陵釣臺宿七里灘下

寄使院諸公

悠然釣臺下懷古時一望江水自潺湲行人獨惆悵新安從此(一作茲)始桂檝方蕩漾囘轉百里(一作里閭)間青山千萬狀連崖去不斷對嶺遥相向夾岸黛色愁(一作秋)沈沈綠波上夕陽留古木水鳥拂寒浪月下扣舷聲煙中採菱唱猶憐負羈束未暇依清曠牽役徒自勞近名非所向何時故山裏却醉松花釀回首唯白雲孤舟復誰訪

題武丘寺

青林虎丘寺林際翠微路仰(一作却)見山僧來遥從飛鳥處茲峰淪寶玉千載唯丘墓埋劒人空傳鑿山龍已去捫蘿披翳薈路轉夕陽遽虎嘯崖谷寒猿鳴杉(一作桂)松暮褭回北樓上江海窮一顧日映千里帆鴉歸萬家樹蹔因愜所適果得損外慮庭暗棲閑雲簷香滴甘露久迷空寂理多爲繁華故永欲投死生餘生豈能誤

奉餞鄭中丞罷浙西節度還京

天上移將星元戎罷龍節三軍含怨慕橫吹聲斷絕五馬嘶城隅萬人臥車轍滄洲浮雲暮杳杳去帆發回首不問家歸心遥向闕煙波限吳楚日夕事淮越弔影失所依側身隨下列孤蓬飛不定長劒光未滅綠綺爲誰

彈緑芳堪自擷悵然江南春獨此湖上月千里懷去思
百憂變華髮頌聲滿江海今古流不竭

送裴四判官赴河西軍試

吏道豈易愜如君誰與儔逢時將騁驥臨事無全牛鮑
叔幸相知田蘇頗同遊英資挺孤秀清論含古流(一作風流又作九流)出塞佐(一作復)持簡辭家擁鳴騶憲臺貴公舉幕府資良
籌武士佇明試皇華難久留陽關望天盡洮水令人愁
萬里看一鳥曠然煙霞收晚花對古戍春雪含(一作寒)邊州
道路難暫隔音塵那(一作仍)可求他時相望處明月西南樓

旅次丹陽郡遇康侍御宣慰召募兼别岑單父

客心暮千里回首煙花繁楚水渡歸夢春江連故園羈

人懷上國驕虜窺中原胡馬暫爲害漢臣多負恩羽書
晝夜飛海(一作塞)内風塵昏雙鬢日已白孤舟心且(一作可)論繡
衣從此(一作北)來汗馬宣王言憂憤激忠勇悲歡動黎元南
徐爭赴難發卒如雲屯倚劒看太白洗兵臨海門故人
亦滄洲少别堪傷魂積翠下京口歸潮落山根如何天
外帆又此(一作入此)波上尊空使憶君處鶯聲催淚痕

客舍贈别韋九建赴任河南韋十七造赴任鄭縣就便覲省

與子頗疇昔常時仰英髦弟兄盡公器詩賦凌風騷頊
者遊上國獨能光選曹香名冠二陸精鑒逢山濤且副
倚門望莫辭趨府勞桃花照綵服草色連青袍征馬臨

素滻離人傾濁醪華山微雨霽祠上殘雲高而我倦棲屑別君良鬱陶春風亦未已旅思空滔滔拙分甘棄置窮居長蓬蒿人生未鵬化物議如鴻毛迢遞兩鄉別殷勤一寶刀清琴有古調更向何人操

送元八游汝南

元生實奇邁幸此論疇昔刀筆素推高鋒鋩久無敵縱橫濟時意跌宕過人蹟破産供酒錢盈門皆食客田園頃失計資用深相迫生事誠可憂嚴裝遠何適世情薄恩義俗態輕窮厄四海金雖多其如向人惜迢遞朗陵道悵望都門夕向別伊水南行看楚雲隔繁蟬動高柳疋馬嘶平澤潢潦今正深陂湖未澄碧人生不得已自可甘形役勿復尊前酒離居剩悽戚

奉和李大夫同吕評事太行苦熱行兼寄院中諸公仍呈王員外

迢遞太行路自古稱險惡千騎儼欲前羣峰望如削火雲從中出（一作起）仰視飛鳥落汗馬臥高原危旌倚長薄清風竟（一作何）不至赤日方（一作何）煎鑠石枯（一作露）山木燋鱗窮水泉涸九重今旰食萬里傳明略諸將候軒車元凶愁鼎鑊何勞短兵接自有長纓縛通越事豈難渡瀘功未博朝辭羊腸阪夕望貝丘郭漳水斜遶營常山遥入幕永懷姑蘇下遥寄建安作白雪和難成滄波意空託陳琳書記好王粲從軍樂早晚歸漢廷隨公（一作君）上麟閣

洛陽主簿叔知和驛承恩赴選伏辭一首

仲父王佐材屈身仇香位一從理京劇萬事皆容易則知無不可通變有餘地器宇溟渤寬文鋒鏌鋣利憧憧洛陽道日夕皇華使二載出江亭一心奉王事功成良可録道在知無愧天府留香名銓闈就明試賦詩皆舊友攀轍多新吏綵服辭高堂青袍擁征騎此行季春月時物正鮮媚官柳陰相連桃花色如醉長安想在目前路遥髣髴落日看華山關門逼青翠行襜稍已隔結戀無能慰誰念尊酒間裵回竹林意

題寃句宋少府廳留别

宋侯人之秀獨步南曹吏世上無此才天生一公器尚

甘黄綬屈未遂青雲意洞澈萬頃陂昂藏千里驥從宦聞苦節應物推高誼薄俸不自資傾家共人費顧子倦棲託終日憂窮匱開口即有求私心豈無愧幸逢東道主因輟西征騎對話堪息機披文欲忘味壺觴招過客几案無留事緑樹映層城蒼苔覆閑地一言重然諾累夕陪宴慰何意秋風來颯然動歸思留歡殊自愜去念能爲累草色愁别時槐花落行次臨期仍把手此會良不易他日瓊樹枝相思勞夢寐

罷攝官後將還舊居留辭李侍御

江海今爲客風波失所依白雲心已負黄綬計仍非累辱羣公薦頻霑一尉微去縁焚玉石來爲采葑菲州縣

名何在漁樵事亦違故山桃李月初服薜蘿衣熊軾分
朝寄龍韜解賦圍風謠傳吏體雲物助兵威白雪飄辭
律青春發禮闈引軍橫吹動援翰捷書揮草映翻營綠
花臨檄羽飛全吳爭轉戰狂虜怯知機憶昨趨金節臨
時廢玉徽俗流應不厭靜者或相譏世難慵干謁時閑
喜放歸潘郎悲白髮謝客愛清輝樗散材因棄交親迹
已稀獨愁看五柳無事掩雙扉世累多行路生涯向釣
磯榜連溪水碧家羨渚田肥旅食傷飄梗巖棲憶采薇
悠然獨歸去回首望旌旗

贈別于一作韋羣投筆赴安西

風流一才子經史仍滿腹心鏡萬象生一作全文鋒衆人服
頃遊靈臺下頻棄荆山玉躅蹬空數年裴回冀微祿揭
來投筆硯長揖謝親族且欲圖一作從變通安能守拘束本
持鄉曲譽肯料泥塗辱誰謂命迍邅還令計反一作身翻覆西
戎今未弭一作殄胡騎屯山谷坐恃龍豹韜全輕蜂蠆毒拂
衣從此去擁傳一何速元帥許提攜他人佇瞻矚出門
寡儔侶矧乃無僮僕黠虜時相逢黃沙暮愁一作無一作難宿蕭
條遠回首萬里如在目漢境天西窮湖山海邊綠想聞
羌笛處淚盡關山曲地闊鳥飛遲風寒馬毛縮邊愁殊
浩蕩離思空斷續塞上一作下歸限一作恨歸賒尊前別期促知君
志不小一舉凌鴻鵠且願樂從軍功名在殊俗

送薛據宰涉縣自永樂主簿陟狀尋復選受此官

故人河山秀獨立風神異人許白眉長天資青雲器雄辭變文名高價喧時議下筆盈萬言皆合古人意一從負能名數載猶卑位寶劒誠可用烹鮮是虛棄昔聞在河上高臥自無事几案終日閑蒲鞭使人畏頃因歲月滿方謝風塵吏須德有輿人薦賢逢八使棲鸞往已屈馴雀今可嗣此道如不移雲霄坐應致縣前漳水綠郭外晉山翠日得謝客遊時堪陶令醉前期今尚遠握手空宴慰驛路疎柳長春城百花媚褭回白日隱暝色含天地一鳥向灞陵孤雲送行騎夫君多述作而我常諷味賴有瓊瑤資能寬別離思槐陰覆堂殿苔色上階砌鳥倦自歸飛雲閑獨容濝既將慕幽絕兼欲看定慧遇物忘世緣還家嬾生計無生妄已息有妄心可制心鏡常虛明時人自淪翳

早春贈別趙居士還江左時長卿下第歸嵩陽舊居

見君風塵裏意出風塵外自有滄洲期含情十餘載深居鳳城曲一作北日預龍華會果得一作有僧家緣能遺俗人態一身今已遠萬物知何愛悟法電已空看心水無礙且將窮妙理兼欲一作亦尋勝槩何獨謝客遊當為遠公輩放舟馳楚郭負杖辭秦塞目送南飛雲令人想吳會遙思舊遊處鬢髮疑相對夜火金陵城春煙石頭瀨滄波極天末萬里明如帶一片孤客帆飄然向青一作殘靄楚天合

含（一作）江氣雲色常霏霺隱見湖中山相連數州内君行意
可得全與時人背歸路隨楓林還鄉念蓴菜顧子尚羈
束何幸承眄睞素願徒自勤清機本難逮累幸忝賓薦
末路逢沙汰濩落名不成喪同意空大逢時雖（一作難）貴達
守道甘易退逆旅鄉夢頻春風客心碎别君日已遠離
念無明晦予亦返柴荆山田事耕耒

夜宴洛陽程九主簿宅送楊三山人往天台尋智者禪師隱居

東林問逋客何處棲幽偏滿腹萬餘卷息機三十年志
圖良已久鬢髮空蒼然調嘯寄疎曠形骸如棄捐本家
關西族别業嵩陽田雲臥能獨往山棲幸周旋垂竿不
在魚賣藥不爲錢藜杖閑倚壁松花常醉眠頃辭青溪
隱來訪赤縣仙南畝自甘賤中朝唯愛賢仍空世諦法
遠結天台緣魏闕從此去滄洲知所便主人瓊枝秀寵
别瑶華篇落日掃塵榻春風吹客船此行頗自適物外
誰能牽弄棹白蘋裏挂帆飛鳥邊落潮見孤嶼徹底觀
澄漣雁過湖上月猿聲峰際天羣峰趨海嶠千里黛相
連遥倚赤城上曈曈初日圓昔聞智公隱此地常安禪
千載已如夢一燈今尚傳雲龕閉遺影石窟無人煙古
寺暗喬木春崖鳴細泉流塵既寂寞緬想增嬋娟山鳥
怨庭樹門人思步蓮夷猶懷永路悵望臨清川漁人來
夢裏沙鷗飛眼前獨遊豈易惬羣動多相纏羨爾五湖

夜往來閑扣舷

瓜洲驛奉餞張侍御公拜膳部郎中却復憲臺充賀蘭大夫留後使之嶺南時侍御先在淮南幕府

太華高標峻青陽淑氣盤屬辭傾渤澥稱價掩琅玕楊葉頻推中芸香早拜官後來慚轍跡先達仰門闌佐劇勞黃綬提綱疾素餐風生趨府步筆偃觸邪冠骨鯁知難屈鋒鋩豈易干佇將調玉鉉翻自落金丸異議那容直專權本畏彈寸心寧有負三黜竟無端遷喜鴻私降旋驚羽檄攢國憐朝市易人怨虎狼殘天地龍初見風塵虜未殫隨川歸少海就日背長安副相榮分寄輸忠義不刊擊胡馳汗馬遷蜀扈鳴鑾月罷名卿署星懸上將壇三軍摇旆出百越畫圖觀茅茹能相引泥沙肯再蟠兼榮知任重交辟許才難勁直隨臺柏芳香動省蘭璧從全趙去鵬自北溟搏星象銜新寵風霜帶舊寒是非生倚伏榮辱繫悲歡疇昔偏殊眄屯蒙獨永歎不才成擁腫失計似邯鄲江國傷移律家山憶考槃一為鷗鳥誤三見露華團回首青雲裏應憐濁水瀾愧將生事托羞向鬢毛看知己傷愆素他人自好丹鄉春連楚越旅宿寄風湍世路東流水滄江一釣竿松聲伯禹穴草色子陵灘度嶺情何遠臨流興未闌梅花分路遠揚子上潮寬夢想懷依倚煙波限渺漫且愁無去雁寧冀少

回鸞極浦春帆迥空郊晚騎單獨憐南渡月今夕送歸鞍

至德三年春正月時謬蒙差攝海鹽令聞王師收二京因書事寄上浙西節度李侍郎中丞行營五十韻

天上胡星孛人間一作東山反氣橫風塵生汗馬河洛縱長鯨本謂一作爲才非據誰知一作防禍已萌食參將可待誅錯輒爲名萬里兵鋒接三時羽檄馳負恩殊鳥獸流毒遍黎氓朝市成蕪沒干戈起戰爭人心懸反覆一作覆載天道暫虛盈略地侵中土傳烽到上京王師陷魑魅帝座逼欃槍渭水嘶胡馬秦山泣漢兵關原馳萬騎煙火亂千甍鳳駕瞻西幸龍樓議一作向北征自將行破竹誰學去吹笙白日重輪慶玄穹再造榮鬼神潛釋一作畜憤夷狄遠輸誠海内戎衣卷關中賊壘平山川隨轉戰草木困一作助橫行區宇神功立謳歌一作謠帝業成天回萬象慶龍見五雲迎小苑春猶在長安日更明星辰歸正位一作路雷雨發殘生文物登前古簫韶下太清未央新柳色長樂舊鐘聲八使推邦彥中司案國程蒼生屬伊呂明主仗一作伏韓彭兇醜將除蔓姦豪已負荊世危看柱石時難識忠貞薄伐徵貔虎長驅擁旆旌吳山依重鎮江月帶行營金石懸詞律煙雲動筆精運籌初減竈調鼎未和羹北虜傳初解東人望已傾池塘催謝客花木待春卿昔忝登龍首能傷

困驥鳴艱難悲伏（一作仗）劒提握喜懸衡巴曲誰堪聽秦臺自有情遂令辭短褐仍欲請長纓久客田園廢初官印綬輕榛蕪上國路苔蘚北山楹嬾慢羞趨府驅馳憶退耕榴花無暇醉蓬髮帶愁縈地僻方言異身微俗慮（一作累）幷家憐雙鯉斷才媿小鱗烹滄海今猶滯青陽歲又更洲香生杜若谿煖（一作遠）戲鵁鶄煙水（一作雪）宜春候褰關（一作開）值晚晴潮聲來萬井山色映孤城旅夢親喬木歸心亂早鶯倘無知已在今已訪蓬瀛

尋張逸人山居

危石纔通鳥道空山更有人家桃源定在深處澗水浮來落花

發越州赴潤州使院留別鮑侍御

對水看山別離孤舟日暮行遲江南江北春草獨向金陵去時

送陸澧還吳中（一作李嘉祐詩）

瓜步寒潮送客楊柳（一作花）暮雨沾衣故山南望何處秋草連天獨歸

苕溪酬梁耿別後見寄（一作荅秦徵君徐少府春日見集苕溪酬梁耿別後見寄六言）

清川永路何極（一作清溪落日初低）落日（一作惆悵）孤舟解攜鳥向（一作去）平蕪遠近人隨流水東西白雲千里萬里明月前溪後溪惆悵（一作獨恨）長沙謫去江潭芳（一作春）草萋萋

蛇浦橋下重送嚴維

秋風颼颼鳴條風月相和寂寥黃葉一離一別青山暮
暮朝朝寒江漸出高岸古木猶依斷橋明日行人已遠
空餘淚滴回潮

七里灘重送

秋江渺渺水空波越客孤舟欲榜歌手折衰楊悲老大
故人零落已無多

家園瓜熟是故蕭相公所遺瓜種悽然感舊因
賦此詩

事去人亡跡自留黃花綠蔕不勝愁誰能更向青門外
秋草茫茫見故侯

重送裴郎中貶吉州

猿啼客散暮江頭人自傷心水自流同作逐臣君更遠
青山萬里一孤舟

尋盛禪師蘭若

秋草黃花覆古阡隔林何處起人煙山僧獨在山中老
唯有寒松見少年

寄許尊師

獨上雲梯入翠微蒙蒙一作濛濛煙雪映巖扉世人知在中峰
裏遙禮青山恨不歸

酬李穆見寄

孤舟相訪至天涯萬轉雲山路更賒欲掃柴門迎遠客
青苔黃葉滿貧家

送王司馬秩滿西歸

漢主（一作代）何時（一作人）放（一作訪）逐臣江邊幾度送歸人同官歲歲
先辭滿唯有青山伴老身

寄別朱拾遺

天書遠名滄浪客幾度臨岐病未能江海茫茫春欲遍
行人一騎發金陵

會赦後酬主簿所問

江南海北長相憶淺水深山獨掩扉重見太平身（一作人）已
老桃源久住不能歸

贈秦系

向風長嘯戴紗巾野鶴由來不可親明日東歸變名姓

五湖煙水覔何人

酬靈徹公相招

石磵泉聲久不聞獨臨長路雪紛紛如今漸欲生黃髮
願脫頭冠與白雲

贈崔九載華

憐君一見一悲歌歲歲無如老去何白屋漸看秋草沒
青雲莫道故人多

同崔載華贈日本聘使

憐君異域朝周遠積水連天何處通遙指來從初日外
始知更有扶桑東

送建州陸使君

漢庭初拜建安侯天子臨軒寄所憂從此向南無限路
雙旌已去水悠悠

送秦侍御外甥張篆之福州謁鮑大夫秦侍御與大夫有舊

萬里閩中去渺然孤舟水一作海上入寒煙轅門拜首儒衣
弊貌似牢之豈不憐

聞奉迎皇太后使沈判官至因有此作太后德宗皇帝母也安史之亂失於東都帝即位分命使臣周行天下求訪終不得

長樂宮人掃落花君王正候五雲車萬方臣妾同瞻望
疑在曾城阿母家

送劉萱之道州謁崔大夫

沅水悠悠湘水春臨岐南望一沾巾信陵門下三千客
君到長沙見幾人

過鄭山人所居

寂寂孤鶯啼杏園寥寥一犬吠桃源一作白首深藏谷口村春山犬吠武陵原落花
芳草無尋處萬壑千峰獨閉門

奉送賀若郎中賊退後之杭州

江上初收戰馬塵鶯聲柳色待行春雙旌誰道來何暮
萬井如今有幾人

瓜洲驛重送梁郎中赴吉州

渺渺雲山去幾重依依獨聽廣陵鐘明朝借問南來客
五馬雙旌何處逢

奉使鄂渚至烏江道中作

滄洲不復戀魚竿，白髮那堪戴鐵冠。客路向南何處是，蘆花千（一作十）里雪漫漫。

新息道中作

蕭條獨向汝南行，客路多逢漢騎營。古木蒼蒼離亂後，幾家同住一孤城。

春日宴魏萬成湘水亭

何年家住（一作在）此江濱，幾度門前北渚春。白髮亂生相顧老，黃鶯自語豈知人。

重送道標上人

衡陽千里去人稀，遥逐孤雲入翠微。春草青青新覆地，深山無路若爲歸。

送李判官之潤州行營

萬里辭家事鼓鼙，金陵驛路楚雲西。江春不肯留歸（一作行）客，草色青青送馬蹄。

將赴南巴至餘干別李十二

江上花催問禮人，鄱陽鶯報越鄉春。誰憐此別悲歡異，萬里青山送逐臣。

時平後春日思歸

一尉何曾及布衣，時平却憶臥柴扉。故園柳色催南客，春水桃花待北歸。

送陶十赴杭州攝掾

莫歎江城一掾卑滄洲未是阻心期浙中山色千萬狀門外潮聲朝暮時

使還七里瀨上逢薛承規赴江西貶官

遷客歸人醉晚寒孤舟暫泊子陵灘憐君更去三千里落日青山江上看

使回赴蘇州道中作

春風何事遠相催路盡天涯始却回萬里無人空楚水孤帆送客到魚臺

昭陽曲

昨夜承恩宿未央羅衣猶帶御衣(一作爐)香芙蓉帳小雲屏暗楊柳風多水殿涼

罪所留繫每夜聞長洲軍笛聲

白日浮雲閉不開黃沙誰問冶長猜只憐橫笛關山月知處愁人夜夜來

贈微上人

禪門來往翠微間萬里千峰在剡(一作別)山何時共到天台裏身與浮雲處處閑

東湖送朱逸人歸

山色湖光併在東扁舟歸去有樵風莫道野人無外事開田鑿井白雲中

舟中送李十八(一作送僧)

釋子身心無有分(一作紛)獨將衣鉢去人羣相思晚望西林

寺唯有鐘聲出白雲

送李穆歸淮南

揚州春草新年緑未去先愁去不歸淮水問君來早晚老一作無人偏畏過芳菲

晚春歸山居題窗前竹一作錢起詩題云暮春歸故山草堂

溪上一作谷口殘春黄鳥稀辛夷花盡杏花飛始憐幽竹山窗下不改清陰待我歸

卷五

送盧侍御赴河北

謫居爲別倍傷情何事從戎獨遠行千里按圖收故地三軍罷戰及春耕江天渺渺鴻初去漳水悠悠草欲生莫學仲連逃海上田單空愧取聊城

送子壻崔真父歸長城

送君巵酒不成懽幼女辭家事伯鸞桃葉宜人誠可詠柳花如雪若爲看心憐稚齒鳴環去身愧衰顏對玉難惆悵暮帆何處落青山無限水漫漫

送陸澧倉曹西上

長安此去欲何依先達誰當薦陸機日下鳳翔雙闕迥雪中人去（一作過）二陵稀舟從故里難移棹家住（一作在）寒塘獨掩扉臨水自傷流落久（一作居洛久）贈君空有淚霑衣

送柳使君赴袁州

宜陽出守新恩至京口因家始願違五柳閉門高士去三苗按節遠人歸月明江路聞猨斷花暗山城見吏稀惟有郡（一作舊）齋窗裏岫朝朝空對謝玄暉

戲題贈二小男

異鄉流落頻生子幾許悲歡併在身欲並老容羞白髮每看兒戲憶青春未知門户誰堪主且免琴書別與人何幸暮年方有後舉家相對却霑巾

謫官後卧病官舍簡賀蘭侍郎（一作貶睦州祖庸見贈）

青春衣繡共稱（一作繡服正相）宜白首垂（一作髮如）絲恨不遺江上幾回
今夜月鏡中無復少年時生還北闕誰相（一作將一作能）引老向
南邦衆所悲歲歲任他芳草緑長沙未有定歸期

歲日見新曆因寄都官裴郎中

青陽振蟄初頒曆白首銜寃欲問天絳老更能經幾歲
賈生何事又三年愁占蓍草終難決病對椒花倍自憐
若道平分四時氣南枝爲底發春偏

江州重別薛六柳八二員外

生涯豈料承優詔世事空知學醉歌江上月明胡鴈過
淮南木落楚山多寄身且喜滄洲近顧影無如白髮何

今日龍鍾人共棄媿君猶遣慎風波

青溪口送人歸岳州

洞庭何處鴈南飛江菼蒼蒼客去稀帆帶夕陽千里沒
天連秋水一人歸黄花裛露開沙岸白鳥銜魚上釣磯
岐路相逢無可贈老年空有淚霑衣

送靈澈上人還越中

禪客無心杖錫還沃洲深處草堂閑身隨敝屨（一作屐）經殘
雪手綻寒衣入舊山獨向青溪依樹下空留白日在人
間那堪別後（一作夜）長相憶雲木蒼蒼但閉關

送耿拾遺歸上都

若爲天畔獨歸秦對水看山欲暮春窮海別離無限路

隔河征戰幾歸人（一作征陣獨歸人）長安萬里傳雙淚建德千峰寄一身想到郵亭愁駐馬不堪西望見風塵

和樊使君登潤州城樓

山城迢遞敞高樓露冕吹鐃居上頭春草連天隨北望夕陽浮水共東流江田漠漠全吳地野樹蒼蒼故蔣州王粲尚爲南郡客別來何（一作無）處更銷憂

餞王相公出牧括州

縉雲詎比長沙遠出牧猶承明主恩城對寒山開畫戟路飛秋葉轉朱轓江潮淼淼連天望旌旆悠悠上嶺翻蕭索庭槐空閉閤舊人誰到翟公門

題靈祐和尚故居

歎逝翻悲有此身禪房寂寞見流塵多（一作六）時行徑空秋草幾日浮生哭故人風竹自吟遥入磬雨花隨淚共霑巾殘經窗下依然在憶得山中（一作陰）問許詢

尋龍井楊老

柴門草舍絕風塵空谷耕田學子眞泉咽恐（一作豈）勞經隴底（一作客一作地又作坻）山深不覺有秦人手栽松樹蒼蒼老身卧桃園寂寂春唯有胡麻當雞黍白雲來往未嫌貧

見故人李均所借古鏡恨其未獲歸府斯人已亡愴然有作

故人留鏡無歸處今日懷君試暫窺歲久豈堪塵自入夜長應待月相隨空憐瓊樹曾臨匣猶見菱花獨映池

所恨平生還不早如今始挂隴頭枝

聞虞沔州有替將歸上都登漢東城寄贈

淮南摇落客心悲涢水悠悠怨别離早鴈初辭舊關塞秋風先入古城池腰章建隼皇恩賜露冕臨人白髮垂惆悵恨（一作夫）君先我去漢陽耆老憶旌麾（一作旗）

獻淮寧（一作寧淮）軍節度使李相公（一作淮西將李中丞又作獻南平王）

建牙吹角不聞（一作戟門）喧三十登壇衆所尊家散萬金酬士死（一作死事）身留（一作持）一劍答君恩漁陽老將多迴席魯國諸生半在門白馬翩翩春草細（一作綠）郊原（一作少陵一作邵陵）西去獵平原

觀校獵上淮西相公

龍驤校獵邵陵東野火初燒楚澤空師事黄公千戰（一作載）

後身騎白馬萬人中笳隨晚吹吟（一作曉月吹）邊草箭没寒（一作青）雲落塞鴻三十擁旄誰不羨周郎少小立（一作有）奇功

送皇甫曾赴上都

東遊久與故人違西去荒凉舊路微秋草不生三徑處行人獨向五陵歸離心日遠如流水迴首川長共落暉楚客豈勞傷此别滄江欲暮自霑衣

送李録事兄歸襄鄧

十年多難與君同幾處移家逐轉蓬白首相逢征戰後青春已過亂離中行人杳杳看西月歸馬蕭蕭向北風漢水楚雲千萬里天涯此别恨無窮

漢陽獻李相公

退身高卧楚城幽獨掩閑(一作寒)門(一作雙扉)漢水頭春草雨中行徑沒暮山江上捲簾愁幾人猶憶(一作識)孫弘閣百口同乘范蠡舟早晚却還(一作歸)丞相印十年空被白雲留

長沙過賈誼宅

三年謫宦此棲遲萬古惟留楚客(一作國)悲秋草獨(一作漸)尋人去後寒林空見日斜時漢文有道恩猶薄湘水無情弔豈知寂寂江山搖落處(一作正搖落)憐君何事到天涯

奉酬辛大夫喜湖南臘月連日降雪見示之作

長沙耆舊拜旌麾(一作旗)喜見江潭積雪時柳絮三冬先北地梅花一夜徧南枝初開窗閣寒光滿欲掩軍城暮色遲閭里何人不相慶萬家同唱郢中詞

登餘干古縣城

孤城上與白(一作追遊楚)雲齊萬古荒涼(一作蕭條)楚水西官舍已空秋草綠女牆猶在夜烏啼平江渺渺來人遠(一作夕)落日亭亭向客低沙鳥不知陵谷變朝飛(一作還)暮去(一作往)弋陽溪

將赴嶺外留題蕭寺遠公院(寺即梁朝蕭內史創)

竹房遙閉上方幽苔徑蒼蒼訪昔遊內史舊山空日暮南朝古木向人秋天香月(一作夜)色同(一作空)僧室葉(一作月)落猨啼傍(一作訪又作送)客舟此去播遷明主意白雲何事欲相留

初聞貶謫續喜(一本無上六字)量移登干越亭贈鄭校書

青青草色滿江洲萬里傷心水自流越鳥豈(一作不)知南國遠(一作樹)江花獨向北人愁生涯已逐(一作許)滄浪去(一作老)寃氣初

逢渙汗收何事，還邀遷一作羇客醉春風日夜待歸舟

北歸入至德州界偶逢洛陽鄰家李光宰

生涯心事已蹉跎舊路依然此重過近北始知黃葉落向南空見白雲多炎州日日人將老寒渚年年水自波華髮相逢俱若是故園秋草復如何

自江西歸至舊任官舍贈袁贊府時經劉展平後

却見同官喜復悲此生何幸有歸期空庭客至逢搖落舊邑人稀經亂離湘路來過迴鴈處江城卧聽擣衣時南方風土勞君問賈誼長沙豈不知

赴南中題一作酌褚少府湖上亭子一作林亭一作李嘉祐詩

種田東郭傍春陂萬事無情把一作如弄釣絲綠竹放侵行徑

裏一作斷青山常對卷簾時紛紛花落門空閑寂寂鶯啼日更遲從此別君千萬里白雲流水憶佳期

上巳日越中與鮑侍郎泛舟耶溪

蘭橈縵一作萬轉傍汀沙應接一作隔雲峰到若耶舊浦滿一作遠來移渡口垂楊深處有人家永和春色千年在曲水鄉心萬里賒君見漁船時借問前洲一作桃源幾路入烟花一作霞

雙峰下哭故人李宥

憐君孤壠一作塚寄雙峰埋骨窮泉復幾重白露空霑九原草青山猶一作獨閑數株松圖書經亂知何在妻子因貧一作移家失所從惆悵東皐却歸去人間無處更相逢

使次安陸寄友人

新年草色遠萋萋久客將歸失（一作問）路蹊暮雨不知溳（一作湞）口處春風只（一作共）到穆陵西孤城盡日空花落三戶無人自鳥啼君在江南相憶否門前五柳幾枝低

哭陳（一作李）歙州（一作使君）

千秋萬古葬（一作共）平原素業（一作惟有）清風及子孫旅櫬歸程傷道路舉家行哭向田園空山寂寂開新壠（一作塚）喬木蒼蒼掩舊門（一作寒山搖落空殘壠故里疎蕪獨掩門）儒行公才竟何在（一作處一作更何用）獨憐棠樹一枝存（一作故將脩短問乾坤）

酬屈突陝

落葉紛紛滿四鄰蕭條環堵絕風塵鄉看秋草歸無路家（一作何處）對寒江病且貧藜杖懶迎征騎客菊花能醉去官人憐君計畫誰知者但見蓬蒿空沒身

送惠法師遊天台因懷智大師故居

翠屏瀑水（一作布）知何在鳥道猨啼過幾重落日獨搖金策去深山誰向石橋逢定攀巖下（一作上）叢生桂欲買雲中若箇峰憶想東林禪誦處寂寥惟聽舊時鐘

自夏口至鸚鵡洲夕望岳陽寄源（一作元）中丞

江洲無浪復無煙楚客相思益渺然漢口夕陽斜渡鳥洞庭秋水遠連天孤城背嶺寒吹角獨戍臨江夜泊船賈誼上書憂漢室長沙謫去（一作遷謫）古今憐

送侯中丞流康州

長江極目帶楓林疋馬孤雲不可尋遷播共知臣道枉

猜讒却爲主恩深轅門畫角三軍思驛路青山萬里心
北闕九重誰許屈獨看湘水淚霑襟

別（一作送）嚴士元（一作送嚴員外一作吳中贈別嚴士元一作送郎士元一作李嘉祐詩）

春風倚棹闔閭城水國春（一作猶）寒陰復晴（一作水閣天寒暗復晴又作水國春深陰復晴）
細雨濕衣看（一作人）不見閑花落地聽無聲日斜江上孤帆
影草綠湖南萬里情（一作程）東道（一作君去）若逢相識問青袍今日
（一作已）誤儒生

避地江東留別淮南使院諸公

長安路絶鳥飛通萬里孤雲西復東舊業已應成茂草
餘生只是任飄蓬何辭向（一作故）物開秦鏡却使他人得楚
弓此去行持一竿竹等閑將狎釣漁翁

罪所上御史惟則

誤因微祿滯南昌幽繫圜扉晝夜長黃鶴翅垂同燕雀
青松心在任風霜斗間誰與看冤氣盆下無由見太陽
賢達不能同感激更於（一作令）何處問蒼蒼

送台州李使君兼寄題國清寺

露冕新承明主恩山城別是武陵源花間五馬時行縣
山外千峰常在門晴江洲渚帶春草古寺杉松深暮猨
知到應眞飛錫處因君一想已忘言

獄中聞收東京有赦

傳聞闕下降絲綸爲報關東滅虜塵壯志已憐成白首
餘生猶待發青春風霜何事偏傷物天地無情亦愛人

持法不須張密網，恩波自解惜枯鱗。

溫湯客舍

冬狩溫泉歲欲闌，宮城佳氣晚宜看。湯熏仗裏千旗暖，雪照山邊萬井寒。君門獻賦誰相達，客舍無錢輒自安。且喜禮闈秦鏡在，還（一作盡）將妍醜付（一作赴）春官。

送孫逸歸廬山（得帆字）

鑪峰絕頂楚雲銜，楚客東歸棲此（一作北）巖。彭蠡湖邊香橘柚，潯陽郭外暗楓杉。青山不斷三湘道，飛鳥空隨萬里帆。常愛此中多勝事，新詩他日佇開緘。

送馬秀才落第歸江南

南客懷歸鄉夢頻，東門悵別柳條新。殷懃斗酒城陰暮，蕩漾孤舟楚水春。湘竹舊斑思帝子，江蘺初綠怨騷人。憐君此去未得意，陌上愁看淚滿巾。

送常十九歸嵩少故林

迢迢此恨杳無涯，楚澤嵩丘千里賒。岐路別時驚一葉，雲林歸處憶三花。秋天蒼翠寒飛鴈，古堞蕭條晚噪鵶。他日山中逢勝事，桃源洞裏幾人家。

送宇文遷明府赴洪州張觀察追攝豐城令（時長卿亦在此州）

送君不復遠爲心，余亦扁舟湘水陰。路逐山光何處盡，春隨草色向南深。陳蕃待客應懸榻，宓賤之官獨抱琴。儻見主人論謫宦，爾來空有白頭吟。

送李將軍一作送闞府姪隨故李使君旅櫬却赴上都

征西諸將一一作莫如君報德誰能不顧勳身逐塞鴻來萬里手披荒一作江草看孤墳擒生絶漠經一作臨胡雪懷舊長沙哭楚雲歸去蕭條灞陵上幾人看葬李將軍

西陵寄一上人

東山訪道成開一作開成士南渡隋陽作本師了義惠心能善誘吳風越俗罷淫祠室中時見天人命物外長懸海嶽期多謝清言異玄度懸河高論有誰持

賦得一作皇甫冉詩題作春思

鶯啼燕語報新年馬邑龍堆路幾千家住層城臨漢苑花隨明月到胡天機中錦字論長恨樓上花枝笑獨眠爲問元戎竇車騎何時返旆勒燕然

三月一作日李明府後亭泛舟一作皇甫冉詩

江南風景復如何聞道新亭更欲過處處紉蘭春浦渌萋萋藉草遠山多壺觴須就陶彭澤時俗猶傳晉永和更待持橈徐轉去微風落日水增波

喜朱拾遺承恩拜命赴任上都

詔書徵拜脫荷裳身去東山閉草堂閶闔九天通奏一作楚籍華亭一鶴在朝行滄洲離別風煙遠青瑣幽深漏刻長今日却迴垂釣處海鷗相見已高翔

鄖上送韋司士歸上都舊業司士即鄭公之孫頃客於鄖上

前朝舊業想遺塵今日他鄉獨爾身鄖地國除爲過客

杜陵家在有何人蒼苔白露生三徑古木寒蟬滿四鄰西去茫茫問歸路關河漸近淚盈巾一作此去茫茫盡秋草離心萬里逐征輪

感懷

秋風一作青楓落葉正堪悲黃菊殘花欲待誰水近偏逢寒氣早山深常見日光遲愁中卜命看周易夢裏招魂讀楚詞自笑不如湘浦鴈飛一作春來即是北歸時

送楊於陵歸宋汴一無此字州別業

半山溪雨帶斜暉向水殘花映客衣旅食嗟余當歲晚能文似汝少年稀新河柳色千株暗故國雲帆萬里歸離亂要知君到處寄書須及鴈南飛

送崔使君赴壽州

列郡專城分國憂彤幨皁蓋古諸侯仲華遇主年猶少公瑾論功位已酬草色青青迎建隼蟬聲處處雜鳴騶千里相思如可見淮南木葉正驚秋

上陽宮望幸

玉輦西巡久未還春光猶入上陽間萬木長承新雨露千門空對舊河山深花寂寂宮城閉細草青青御路閑獨見彩雲飛不盡只應來去候龍顏

過裴舍人故居

慘慘天寒獨掩一作閉扃紛紛黃葉滿一作落空庭孤墳何處依山木百口無家學一作汎水萍籬花猶及重陽發鄰笛那堪落日聽書幌無人長不捲秋來芳草自爲螢

登松江驛樓北望故園

淚盡江樓北望歸田園已陷百重圍平蕪萬里無人去
落日千山空鳥飛孤舟漾漾寒潮小極浦蒼蒼遠樹微
白鷗漁父徒相待未掃欃槍嬾息機

秋夜有懷高三十五適兼呈空上人一作皇甫冉詩

晚節逢君趣道深結茅栽樹近東林吾師幾度曾摩頂
高士何年遂發心北渚三更聞過鴈西城萬里動寒砧
不見支公與玄度相思擁膝坐長吟

送孔巢父赴河南軍一作皇甫冉詩

江南相送隔煙波況復新秋一鴈過聞道全軍征北虜
又言詩將會南河邊心冉冉鄉人絶寒色青青戰馬多

共許陳琳工奏記知君名行未蹉跎

登潤州萬歲樓一作皇甫冉詩

高樓獨上思依依極浦遥山合翠微江客不堪頻北望
塞鴻何事又南飛垂山古渡寒煙積瓜步空洲遠樹稀
聞道王師猶轉戰更能談笑解重圍

江樓送太康郭主簿赴嶺南

對酒憐君安可論當官愛士如平原料錢用盡却爲謗
食客空多誰報恩萬里孤舟向南越蒼梧雲中暮帆滅
樹色應無江北秋天涯尚見淮陽月驛路南隨桂水流
猨聲不絶到炎州青山落日那堪望誰見思君江上樓

客舍喜鄭三見寄一作訪

客舍逢君未換衣閉門愁見桃花飛遥想故園今已爾家人應念行人歸寂寞垂楊映深曲長安日暮靈臺宿窮巷無人鳥雀閑空庭新雨莓苔緑北中分與故交疎何幸仍迴長者車十年未稱平生意好得辛勤謾讀書

送賈三北遊

賈生未達猶窘迫身馳疋馬邯鄲陌片雲郊外遥送人斗酒城邊暮留客顧予他日仰時髦不堪此別相思勞雨色新添漳水緑夕陽遠照蘇門高把袂相看衣共緇窮愁只是惜良時亦知到處逢下榻莫滯秋風西上期

齊一和尚影堂

一公住世忘世紛暫來復去誰能分身寄虚空如過客

心將生滅是浮雲蕭散浮雲往不還凄涼遺教歿仍傳舊地愁看雙樹在空堂只是一作見一燈懸一燈長照恒河沙雙樹猶落諸天花天花寂寂香深殿苔蘚蒼蒼閟虚院昔余精念訪禪扉常接微言清一作親道機今來寂寞無所得唯共門人淚滿衣

頴川留別司倉李萬

故人早負干將器誰言未展平生意想君疇昔高步時肯料如今折腰事且知投刃皆若虚日揮案牘常有餘槐暗公庭趨小吏荷香陂水膾鱸魚客裏相逢款話深如何岐路剩霑襟白雲西上催歸念頴水東流是別心落日征驂隨去塵含情揮手背城闉已恨良時空此別

不堪秋草更愁人

聽笛歌 留別鄭協律

舊遊憐我長沙謫載酒沙頭送遷客天涯望月自霑衣江上何人復吹笛横笛能令孤客愁渌波淡淡如不流商聲寥亮羽聲苦江天寂歷江楓秋靜聽關山聞一叫三湘月色悲猿嘯又吹楊柳激繁音千里春色傷人心隨風飄向何處落唯見曲盡平湖深明發與君離别後馬上一聲堪白首

時平後送范倫歸安州

昨聞戰罷圖麟閣破虜收兵卷戍幕滄海初看漢月明紫微已見胡星落憶昔扁舟此南渡荆棘煙塵滿歸路

與君攜手姑蘇臺望鄉一日登幾迴白雲飛鳥去寂寞吳山楚岫空崔嵬事往時平還舊丘青青春草近家愁洛陽舉目今誰在潁水無情應自流吳苑西人去欲稀留連一日空知非江潭歲盡愁不盡鴻鴈春歸身未歸萬里遥懸帝鄉憶五年空帶風塵色却到長安逢故人不道姓名應不識

小鳥篇上裴尹

藩籬小鳥何甚微翩翩日夕空此飛只緣六翮不自致長似孤雲無所依西城黯黯斜暉落衆鳥紛紛皆有託獨立雖輕燕雀羣孤飛還懼鷹鸇搏自憐天上青雲路弔影徘徊獨愁暮銜花縱有報恩時擇木誰容托身處

歲月蹉跎飛不進羽毛顦顇何人問遶樹空隨烏鵲驚巢林只有鷦鷯分主人庭中蔭喬木愛此清陰欲棲宿少年挾彈遥相猜遂使驚飛往復迴不辭奮翼向君去唯怕金丸隨後來

登吴古城歌

登古城兮思古人感賢達兮同埃塵望平原兮寄遠目歎姑蘇兮聚麋鹿黄池高會事未終滄海横流人蕩覆伍員殺身誰不冤竟看墓樹如所言越王嘗膽安可敵遠取石田何所益一朝空謝會稽人萬古猶傷甬東客黍離離兮城坡坨牛羊踐兮牧豎歌野無人兮秋草緑園爲墟兮古木多白楊蕭蕭悲故柯黄雀啾啾争晚禾荒阡斷兮誰重過孤舟逝兮愁若何天寒日暮江楓落葉去辭風水自波

疲兵篇

驕虜乘秋下薊門陰山日夕煙塵昏三軍疲馬力已盡百戰殘兵（一作軀）功未論陣雲泱漭屯塞北羽書紛紛來不息孤城望處增斷腸折劍看時可霑臆元戎日夕且歌舞不念關山久辛苦自矜倚劍氣凌雲却笑聞笳淚如雨萬里飄飄空此身十年征戰老胡塵赤心報國無片賞白首還家有幾人朔風蕭蕭動枯草旌旗獵獵榆關道漢月何曾照客心胡笳只解催人老軍前仍欲破重圍閨裏猶應愁未歸小婦十年啼夜織行人九月憶寒

衣飲馬滹河晚更清行吹羗笛遠歸營只恨漢家多苦
戰徒遺金鏃滿長城

新安送陸澧歸江陰

新安路人來去早潮復晚潮明日知何處潮水無情亦
解歸自憐長在新安住

弄白鷗歌

泛泛江上鷗毛衣皓如雪朝飛瀟湘水夜宿洞庭月（一本有洞庭二字）歸客正夷猶愛此滄江閑白鷗

長沙贈衡岳祝融峰般若禪師

般若公般若公負鉢何時下祝融歸路却看飛鳥外禪
房空掩白雲中桂花寥寥閑自落流水無心西復東

贈湘南漁父

問君何所適暮暮逢煙水獨與不繫舟往來楚雲裏釣
魚非一歲終日只如此日落江清桂檝遲纖鱗百尺深
可窺沈鉤垂餌不在得白首滄浪空自知

明月灣尋賀九不遇

楚水日夜綠傍江春草滋（一作深）青青遥滿目萬里傷心歸（一作歸心）故人川上復何之明月灣南空所思故人不在明月
在誰見孤舟來去時

題曲阿三昧王佛殿前孤石

孤石自何處對之疑（一作知）舊遊氛氲峴首夕蒼翠剡中秋
迴出羣（一作奇）峰當殿前雪山靈鷲慙貞堅一片孤雲長不

去莓苔古色空蒼然

送友人東歸

對酒灞亭暮相看愁自深河邊草已綠此別難為心關路迢迢疋馬歸垂楊寂寂數鶯飛憐君獻策十餘載今日猶為一布衣

入桂渚次砂牛石穴（一本無石字）

扁舟傍歸路日暮瀟湘深湘水清見底楚雲淡無心片帆落（一作蓮）桂渚獨夜依楓林楓林月出猿聲苦桂渚天寒桂花吐此中無處不堪愁江客相看淚如雨

嚴陵釣臺送李康成赴江東使

潺湲子陵瀨髣髴如在目七里人已非千年水空綠新安江上孤帆遠應逐楓林萬餘轉古臺落日共蕭條寒水無波更清淺臺上漁竿不復持却令猿鳥向人悲灘聲山翠至今在遲爾行舟晚泊時

送姨子弟往南郊

一展慰久闊寸心仍未伸別時兩童稚及此俱成人那堪適會面遽已悲分首客路向楚雲河橋對衰柳送君疋馬別河橋汝南山郭寒蕭條今我單車復西上郎去灞陵轉惆悵何處共傷離別心明月亭亭兩鄉望

銅雀臺

嬌愛更何日高臺空數層含啼映雙袖不忍看西陵漳河東流無復來百花輦路為蒼苔清樓月夜長寂寞碧

雲日暮空徘徊君不見鄴中萬事非昔時古人不一作何在
今人悲春風不逐君王去草色年年舊宮路宮中歌舞
已浮雲空指行人往來處

王昭君歌

自矜嬌豔色不顧丹青人那知粉繪能相負卻使容華
翻誤身上馬辭君嫁驕虜玉顏對人啼不語北風鴈急
浮雲一作清秋萬里獨見黃河流纖腰不復漢宮寵雙蛾長
向胡天愁琵琶弦中苦調多蕭蕭羌笛聲相和誰憐一
曲傳樂府能使千秋傷綺羅

送杜越江佐覲省往新安江

去帆楚天外望遠愁復積想見新安江扁舟一行客清
流數千丈底下看白石色混元氣深波連洞庭碧鳴根
去未已前路行可覿猨鳥悲啾啾杉松雨聲夕送君東
赴歸寧期新安江水遠相隨見說江中孤嶼在此行應
賦謝公詩

湘中憶歸

終日空理棹經年猶別家頃來行已遠彌覺天無涯白
雲意自深滄海夢難隔迢遞萬里帆飄颻一行客獨憐
西江外遠寄風波裏平湖流楚天孤鴈渡湘水湘流澹
澹空愁予猨啼啾啾滿南楚扁舟泊處聞此聲江客相
看淚如雨

送郭六侍從之武陵郡

常愛武陵郡，羨君將遠尋。空憐世界迫，孤負桃源心。洛陽遥想桃源隔，野水閑流春自碧。花下常迷楚客船，洞中時見秦人宅。落日相看斗酒前，送君南望但依然。河梁馬首隨春草，江路猨聲愁暮天。丈人別乘佐分憂，才子趨庭兼勝遊。澧浦荆門行可見，知君詩興滿滄洲。

山鷓鴣歌 一作韋應物詩

山鷓鴣，長在此山吟古木。嘲哳相呼響空谷，哀鳴萬變如成曲。江南逐臣悲放逐，倚樹聽之心斷續。巴人峽裏自聞猨，燕客水頭空擊筑。山鷓鴣，一生不及雙黄鵠。朝去秋田啄殘粟，暮入寒林嘯羣族。鳴相逐，啄殘粟，食不足。青雲杳杳無力飛，白露蒼蒼抱枝宿。不知何事守空山，萬壑千峰自愁獨。

望龍山懷道士許法稜

心惆悵，望龍山。雲之際，鳥獨還。懸崖絶壁幾千丈，緑蘿嫋嫋不可攀。龍山高，誰能踐。靈原中，蒼翠晚。嵐煙瀑水如向人，終日迢迢空在眼。中有一人披霓裳，誦經山頂飡瓊漿。空林閑坐獨焚香，真官列侍儼成行。朝入青霄禮玉堂，夜掃白雲眠石牀。桃花洞裏居人滿，桂樹山中住日長。龍山高高遥相望。

戲贈千越尼子歌

鄱陽女子年十五，家本秦人今在楚。厭向春江空浣沙，龍宫落髮披袈裟。五年持戒長一食，至今猶自顔如花。

亭亭獨立青蓮下忍草禪枝繞精舍自用黃金買地居
能嫌碧玉隨人嫁北客相逢疑姓秦鉛花抛却仍青春
一花一竹如有意不語不笑能留人黃鸝欲棲白日暮
天香未散經行處却對香爐閑誦經春泉漱玉寒泠泠
雲房寂寂夜鐘後吳音清切令人聽人聽吳音歌一曲
杳然如在諸天宿誰堪世事更相牽惆悵迴船江水淥

游四窗

四明山絶奇自古說登陸蒼崖倚天立覆石如覆屋玲
瓏開戶牖落落明四目箕星分南野有斗挂簷北日月
居東西朝昏互出没我來游其間寄傲巾半幅白雲本
無心悠然伴幽獨對此脫塵鞅頓忘榮與辱長笑天地

寬仙風吹佩玉

和中丞出使恩命過終南別業

不過林園久多因寵遇偏故山長寂寂春草過年年花
待朝衣間雲迎驛騎連松蘿深舊閤樵木散閑田拜闕
貪搖珮看琴懶更（一作著）絃君恩催早入已夢傅巖邊

岳陽樓

行盡清溪日已蹉雲容山影兩嵯峨樓前歸客怨秋夢
湖上美人疑夜歌獨坐高高風勢急平湖渺渺月明多
終期一艇載樵去來往片帆愁白波

春望寄王涔陽

清明別後雨晴時極浦空顰一望眷湖畔春山煙點點

雲中遠樹墨離離依微水戍聞鉦鼓掩映沙村見酒旗
風煖草長愁自醉行吟無處寄相思

畱辭

南楚迢迢通漢口西江淼淼去揚州春風已遣歸心促
縱復芳菲不可畱

圖書在版編目（CIP）數據

劉隨州詩集 / （唐）劉長卿著. -- 揚州 : 廣陵書社, 2014.2

ISBN 978-7-5554-0087-5

Ⅰ. ①劉… Ⅱ. ①劉… Ⅲ. ①唐詩－詩集 Ⅳ. ①I222.742

中國版本圖書館CIP數據核字(2014)第031057號

ISBN 978-7-5554-0087-5

9 787555 400875 >

劉隨州詩集

著　者　（唐）劉長卿
責任編輯　王志娟
出版人　曾學文
出版發行　廣陵書社
社　址　揚州市維揚路三四九號
郵　編　二二五〇〇九
電　話　（〇五一四）八五二二八〇八八　八五二二八〇八九
印　刷　揚州文津閣古籍印務有限公司
版　次　二〇一四年二月第一版第一次印刷
標準書號　ISBN 978-7-5554-0087-5
定　價　貳佰捌拾圓整（全貳册）

http://www.yzglpub.com　E-mail:yzglss@163.com